JN174660

詩集

鴉影

松方俊

砂子屋書房

＊目次

I

Ⅲ

装本・倉本　修

詩集　鴉影（あえい）

I

梅林

現をも現とさらに覚えねば夢をも夢となにか思はむ　西行

小泉八雲「果心居士」より

私が未だ若かった頃武州谷保の天神様の梅林を逍遥したことがありました。甲州街道の日野坂を下って来た道に面したそこの梅林はなかなか見事なものでした。

今は甲州街道の拡幅などがあり大分小さくなりましたが、当時は、昔日の程ではないにしろ広く結構な梅林でした。梅林の中程に大きな石の詩碑があり、碑文は覚えてはおりませんが詩の意味は、この梅林の美しさに刻を忘れ樹の根方に休むうちいつの間にか眠ってしまった、すると林の中から艶やかな美女が現れて懇ろになり楽しいひとときを過ごす事ができた、そんな詩であったと想います。

爾来梅林というとこの詩を思い出すのでした。

昔の詩人の詩ですから実際私がそのような奇跡に出会う事などは諦めてはいたのですが、それが偶然に私も出会うことができたのでございます。いやいや美女ではありません。それについてはこれからお話いたしましょう。


ああここの茶店ですか、開いておりますよ。

主人が所用で他出している間私が留守居を頼まれたものですから。

ここの梅林もやはり見事な梅が咲き揃い、
大勢の人々が鑑賞の歩みを楽しんでおりますね、
私たちもその仲間に入れて戴き紅梅白梅の梅の香に酔っておりました。

私がふと背丈程の梅の古木の、ふくよかな香りを辺りに漂わせている一枝の花の美しさに見惚れ、
気付いてみると仲間の姿は何処にも見あたりませんでした、
周章てて林の中を捜してみましたが、
林のなかに猶迷い入ってしまったようでした、

梅林がとぎれた先、少しの空地に、
葦簀の小屋が在り「甘酒」と書いた布の旗が立っているのを見付け、
まあ一休みするかその内仲間が捜してくれるだろうと、
店の主に甘酒を所望し、
一人老人が休んでいる緋毛氈を敷いた縁台に腰掛けさせて貰いました、
もうお解りと思いますが此処がその茶店です。

会釈を返された老人を改めて見ますと、
老人が絵を描いているのだと解りました、

私も絵は好きで下手の横好きを極めこんでいましたので、
「お上手ですね」と肩ごしに声をかけますと、
「この絵の中の舟に乗りますか」と云い、
にこやかに私の前に絵を差し出すのです、

よく見ますと湖上らしい水面に帆かけ舟が一艘描かれています、
辺り一面には春の駘蕩とした光が満ちているようでした、
私は面白い冗談を云う老人だと思い何気なく隅の落款に眼を走らせますと、

果心居士と書いてあるではありませんか、
え「あの果心居士」と尋ねるともなく自分に言い聞かせるように声
を出しますと、
そのときはもう、
「ああお願いします」と、叫んでおりました。

すると静かに舟が動きだし沖に向かってゆくではありませんか、
嗚呼舟がと隣の老人に声をかけると、
老人の姿は無く、周章てて又舟をよく見ると、
老人は舟から手を振っており、
その隣まごうこと無く私も船縁から身を乗り出し手を振っているの
でした、
舟はそのままどんどん進み小さくなりいつしか姿が見えなくなって
しまいました。

縁台には駘蕩とした春酣の湖が描かれた団扇が残されておりました。

勿論この話を信じてくれる人はおりません。
そう言う貴方様も胡乱くさそうな顔をなさり、
あるいは気の毒そうな陰りを見せて頷いていらっしゃいます。
お為ごかしの挨拶などいりません。
本当に私は私を置いて舟に乗って行った私を信じているのでございます。
無論果心居士と云う方も信じております。

此処にこうして無人の茶店の縁台に腰を掛け、
うつらうつらしながら待っている私が何よりの証拠ではありませんか。

東慶寺

「さりながら死ぬのはいつも他人」

マルセル・デュシャン（墓碑銘）

訊けば正式には松ヶ岡東慶寺と云う。
臨済宗の禅寺にて開山は執権北条時宗の夫人覚山尼、
弘安八年（一二八五年）開創とある。
丘陵の山林を切り開いたと思われるその墓地は、
背に大きな森を控え、すり鉢状に空に向かって大樹が交錯し、
時折風が渡る枝枝が錦秋の綾を織っていた。
緩やかな勾配の道の両翼に、墓所が気ままに小道に面してそれぞれ
の区画を占め、

こじんまりと整い程良く湿り気を帯びた土に馴染み、
清潔感があり豊かな秋が輝いていた。

荷風の掃苔に倣い、
名を知る方の墓碑を詣でようと樹々の下、
ふと目に止まった田村俊子に始まり前田青邨の筆塚と辿って来ると、
刈り込まれた柘植の生け垣に囲われた、
品の良い小振りの苔蒸した墓碑が並んでいる。

西田幾多郎、岩波茂雄、安部能成、和辻哲郎、鈴木大拙、と墓碑は
読め、
何故か昂揚する気持ちを押えながら次々とお詣りした。
一番奥の高見順の墓碑まで上がりまた坂を降りてきたが、

捜しても分からない小林秀雄の墓所を訊ねあぐね道を掃く老人に訊ねると、その場の脇道を突き当たり右側にあると教えられた。

怪訝な表情を浮かべる老人に礼を云って別れたが、
その時ハッと私は私の顔を落としてしまったらしい事に気がついて慌てた、
古い顔と取り替えたばかりなので馴染んでいなかったらしい、
幾人もの敬愛する方々のお墓に詣で、頭を下げ続けているうち落したのだろう。

私には最後の顔なので慌てたものの、
あの坂道を再び戻って捜す体力が私にある筈もなく、
墓所を捜している妻を呼びすぐに元の辺りを捜してくれるよう頼んだ、

妻も流石に大変と蒼惶（あたふた）と坂道を上がっていった。

楓の大樹の下に見いだした小林家と白く彫った小振りな石柱の奥、
生前小林秀雄が愛されたという鎌倉初期の、
古相を帯び柔らかな輪郭を保った五輪塔の石碑を詣で、
長年の念願を又一つ適えたと思った。

先月は中国湯田に中原中也の掃苔を済ませていた、

待つ間に女房が顔を持って帰ってきた、
偶々すれ違った人が、顔なら一つこの先の道端の苔むした石の
落葉の上に置いてあると教えてくれたのでわかったが、
教えてくれなければ探せないで戻って来たと云う、
私はほっとして新しい顔をしっかり顔につけた。

「冢間に死屍を眠よ　六道は我に干らず」*
と云った人は随分古い唐の人だが、
併し今、此処に死屍を眠ることもなければ、
六道因果への想いも無い。

いつの世も死者は黙し、
生者は問う。

曰、敢問死、曰未知生、焉知死。**
孔丘先生はさらりと云われたが、
爾来、子路は二千余年憮然たる顔の孔丘先生の前で、
待っているに違いない敢えて再び死を問いながら。

北鎌倉の紅葉狩りとて、
六道因果　生死輪廻、を知ってか知らずか、
一様に生のリュックを背負いガイドブックに従って連れ立ち辿り来る、
閻浮の身の女達の一群の中、
職人風の男、驚いたように素頓狂な声を上げた、
「なんだ、おい、此処は墓場じゃあねえか」。

＊『寒山詩』六道　＊＊『論語』第六巻第十一先進編

山田広園寺

応永十二年当寺にて法祖無門慧開著宋版「無門関」を開版す
亭亭とした千年杉に交じり銀杏、松等、大樹に囲まれ、古色を帯びた勅使門、楼門を経て禅林窓窟の扁額を掲げる仏殿に至れば　脇に樹齢三百年を経ると云う山桜あり後ろに同じ樹齢を数える枝垂桜咲く　毎年四月六日の開山忌善男善女集い連綿として祭りは続くと云う

歳経し桜樹太く黒き幹より枝四方に交差させ
豊麗な淡紅の花々茫洋として明暗妖しく乱れ
伽藍千年の法悦を説く

桜花繚乱として吹雪くも
仏殿は扉を固く鎖し
勅使門　楼門の孤影木立の奥
ときに打ち捨てられ
鳶色に褪せた時代の移ろいを語る

開山堂に
無に向かい結跏趺坐す接心の行の居士
冴えた警策が鳴るも
公安は隻手の音に止まったか

今は雲水の托鉢行乞の姿も見当らず
梵鐘も今の「時」を呼ぶ術を知らない

千三百九十年康応二年、武州八王子山田に古刹兜卒山伝法院広園を開山したのは、禅宗語録「無門関を宋にて著はした無門慧開五世の法孫勅賜法光円禅師「俊翁令山」である。開山堂の正面に勅賜法光円融禅師の扁額を観る。

日日是好日考

戦前戦後の時代を暮らし
「負わず借らずに子三人」との俚諺にまさり
子七人の平穏の家もいつしか
債鬼に追われる日々を送る始末となった在家の居士

曹洞宗開祖永平道元禅師の言葉を識るに
「生死の中に佛あれば生死なし。
但生死即ち涅槃と心得て、

生死として厭うべきもなく、
涅槃として欣ぶべきもなし」と
これ禅者の日日是好日*の悟りとか

僧堂にては照顧脚下が大事　只管打座に励み警策を食らい
家にては香炉に線香灯し結跏趺坐し一炷を終わるも
平安は得られず
随所作主など夢のことと知れば

道元禅師に倣って自らに記す
「借金の中に佛あれば借金なし
但借金即ち涅槃と心得て
借金として厭うべきもなく
預金として欣ぶべきもなし」と

しかるを
妻子涅槃より一炊を欲しがり
債鬼のなかに佛無ければその責め苦止むことなし
布施にて生きること適わぬ俗世の身の
金策の知恵は生死とは又別のことと分別し
僧堂を辞し
門を出る（いずる）

ひとづてに聞いた御祖師様を頼み
法華経に帰依し
心無になるまで身を賭して祈れば
朝な夕なお題目を唱えることは千を超え
一日の休みもなく勤め続ける

佛を信じての商売に
品も捌け　借金の返済も恙なく
債鬼から追われることもなくなり
妻子もまた安らかな日を送れりと

春秋　幾星霜
心身ともに疲れ　心(しん)の臓の病(やまい)得たれども
幸い賀の祝いも受けるほどになり
その日の暮らしの苦労なくなれば
老師　雲水　僧堂攝心　振鈴　托鉢　点心(てんじん)　薬食(やくじき)など
居士を授かりし頃の禅寺の修行懐かしく想うも
僧堂に戻るおもいなし

考えれば僧堂禅を離れ
初めて居士として禅に生きたとしるか

また漢詩に慰めを見いだし
自らを安山と号し　殊に陶淵明を好む
或る夏のひと日　無音な四男の息子に宛
一筆書きの一株の桔梗の絵に添え一首を写す
　　忘彼千載憂
　　旦極今朝楽
　　明日非所求

終の病の床にあっても
法華経への信心変わることなく
誰に看取られるでもなく

独り心（しん）の臓の病にて寂滅せりと
古希を二歳（ふたとせ）過ぎた一月三日のことなりき

＊

「雲門日日好日（うんもんにちにちこうにち）」　碧巌録新講話　　井上秀夫

暦日抄

十一月

衰弱する日暮れは止めようがなく
理念の喪失は日常となる
まだ日があると
数えては亦数え直す
枯れてゆくものは枯れるままに

視線は暖かみを失い
人は口数が少なくなり
書籍には埃が積もり
嚢中の無一物があらはになる

友との諍いは拗れた儘
約束は忘れられる

漆の木が緋く燃える日
生死の謎は謎として
人生が間近に観え
街を秋霖が濡らしてゆく

今日の日はまた訪れる

今日の日として
繰り返される
日々の行き着く涯
時が限りなく落下する
音が聞こえてくる

十二月

樹樹は地底の精に犯され
落葉の上に艶めかしい裸身を晒す
枝は鋭く黝を帯びた鋭角に交じり合い

寒冷の空気を吸い
小鳥は暦の外に出て餌を啄むでいる

薄らと世界に霜が降りる朝
内視鏡に冷たく写し出された癌の病巣は深く
紫の血に爛れ取り除くことは出来ない

不機嫌な日が続き
白い太陽に傷を晒す

片付かない物を片付かない物の上に重ねながら
街は暮れて行き
暦が尽きる果て
山の稜線は確かな輪郭に縁取られ

赭赭と燃えている

一月

黎明にはいつの世にも慈悲の姿がある

闇が地に深く沈み
かそけき生命もが
光に濡れ
薄明のあえかな彼方に向かう

幼き者
誕生の産声上げし者等

最も弱き者が最も強き者に変わる瞬間(とき)
晨を挙げる雄鳥は
咳く原野に立つ

双鷲は
私の蒼穹を飛翔し
私の尾根は
落日に燃え

歳月は
涯を崩落する氷河となって
流れ始める

二月

凍土を耕す者がいる

土壁の家からオンドルの煙が流れ
長い煙管で煙草を吸う李爺さんが
日向ぼっこを楽しんでいる

雨は何時になったら降るのか
雨乞いの紙の旗が
古びた儘はたはたと鳴っている

雨が土を濡らし
アラビアの国境で兵士が戦いを止め

娘達が唄を唱い
仙人が顕れて
天帝を祀り
雷が鳴り渡り
若者の傷が癒える迄
娘は嫁ごうとはしない

凍土を耕す者がいる

裸木の交錯する黝い枝が
雲のない傾いた蒼い空を斬る

穀物は粥に煮て食べられ
河原の水も小流れとなり

渡る人はいない
水牛の哀しい鳴き声が夕日を呼び
夕闇が凍えた人影を捉えて放さない

三月

いつとはなく陽光は明るくなり
暖かみをますうち
頑なな心がほぐれ
日々思い出されて来るものがある
それは暖かさなどではなくて

大切な何かなのだが
確かめることが出来なくて

一雨毎に芽吹く伸びやかな枝枝
四十雀の敏捷に啄み渡る
穹は果てなく
秘められた耀が見える

直向きに時は流れ始め
時折訪れ吹く強風
名残の寒気に戸惑いながらも
昨日を顧みる人は誰もいない

日常 I

高山のいただきに登りなにがなし帽子をふりて下りきしかな
石川啄木

胃が痛むので坂の上の病院へ行くと
胃カメラの写真を眺めながら
老練な医師が「これは立派に癌です」とにこにこしながら宣はった
何故俺に「癌」がと考えたが
納得する考えは思い浮かばなかった
気がつくと　すぐオペをと薦める医師の掌の中にいた

世短意常多　　世は短くして意は常に多し

斯人楽久生　　斯れ人は久しく生きんことを楽う**

生存率は何年が何%と云う
（一年とは余のためには寿命の豊年なり）*と
云われた方ほどの人生観がある筈もないが
（もし短といいわんと欲せば五十年も短なり百年も短なり）*には同感
だ

日月不肯遅　　日月　敢えて遅れず
四時相催迫　　四時　相い催（うなが）し迫る**

几帳面な水産試験場の場長さんのように
訪れる暦日の収支合ったことのない出納簿の記帳をし
ギリシャ語の勉強のあと

木綿の時間の散歩に出て
年中護岸工事に晒されている
土手の上から遠く車だけが行き交う橋を眺め
川の流れを目で拾い帰ってくる時もある
嗚呼　今日も茜色に染まる夕陽が綺麗だ

日月擲人去　　日月　人を擲てて去り**

そうか　さっきすれ違った人がそうだったんだ

*中江兆民　　**陶　淵明

日常 II

夜空にぼんやり浮かんでいる月

並立する街灯が映し出す蜜蜂色のアスファルトの道路
のんびり歩いていた男は
けたたましい金属音と共に車道で轢かれ
夢中で逃げる車を追ったが無駄
又元の処に戻り　死体となって横たわる

逃亡する車はkamalに埋没する
運転する義眼のその男は元船長
けたたましいサイレンと共に着いた救急車は
死体を乗せずに又サイレンを鳴らして走り去る

緩慢な動作で
死体の影がもぞもぞと起き　歩きだす
すると辺りの人々は安心したようにそれぞれに散って行った

緑の風がプラタナスの街路樹を渡っていく

千曲川

私は晩秋の信濃の国の善光寺平を経て
好きな詩人の

「その橋は、まこと、ながかりきと、
旅終(たびおわ)りては、人にも告(つ)げむ」

「雨ながら我(わ)が見しものは、
戸倉(とくら)の燈(ひ)か、上山田(かみやまだ)の出湯(いでゆ)か」

との詩のとおり
千曲川に架かるながい木橋(きはし)を渡り
戸倉・上山田の出湯に泊まったことがある

宿で一茶の信濃国水内郡柏村が在所という
一人の少女と出逢った

翌日は雨になり
川の流れが靄って見えた
鬱勃と滾るものを
遠くの山脈(やまなみ)を眺めるように心に置きながら
娘とたわいもない一日を宿で過ごした

次の日二人で訪れた善光寺の門前町は
恵比須講で賑わっていた
遅い昼餉に戸隠の蕎麦を食べ
詣でる人に揉まれながら軒を連ねる
商家の店先をひやかし歩いた

いつしか晩秋の暮色が山にかかり
戸隠山から降りてきた冷気のなか
厳しい冬に備えての買い物にいそしむ人達のなか
娘と挨拶を交わす杣人達の姿もあった

そのとき不意に大きな音が空いっぱいに轟き
花火が揚がったと知った

秋の花火は
暮れなずむ削いだような深い信濃の空を
重厚な風貌を持つ土蔵造りの連なる商家の瓦屋根を
揉まれながら浮き立ち空を見上げる素朴な人達の群を
その中の肩を寄せ合った私達を
華麗な光りで彩っていった

いくとせかののち
私は千曲川を見下ろす城跡のある町で
中学校の英語の教師となり
娘は私の妻となった

二人は幸（しあわせ）と不幸せとを綯い交ぜにして
国境（くにざかい）を越え流れる川のように生涯を辿った

私達はいつしか充分に老い　幸福に暮らした
私の好む戸隠の蕎麦を上手に打ち
茶受けに瓜の印籠漬けで楽しませてくれた妻も
今は藁里にいるが

一人となった私は遠く稲妻を見ることはあっても
二度と秋の花火を観ることはなかった。

一人いて一人の遠き夜の雷　　楸邨

来来軒

王美麗は中華料理店「来来軒」の主人（あるじ）である
その太っていた軀は母親譲りとのことだった
大正という時代の終わり
馬賊から逃れて当時の満州から渡って来た両親は
片言の日本語を話しながらこの店を開いたのだという

店には赤い字で「来来軒」と書いた小さな軒灯がいつも灯っている
油焼けした店の壁には孔子廟のお札が祀られ

染みが滲む天井からは神様の紅い提灯が飾られている
雨垂れが浸み込んだ勝手口の石畳を敷かれた路地裏は
長い歳月店の辿った暮らしを知っている

故郷の旧正月には王さんが爆竹を鳴らし
近所の子供達に菓子等を配った楽しみから
地場産業の衰退も　流行歌から軍歌への移り変わり
今は石炭殻のように忘れられてしまった
辛かった日々も知っている

近所の人々や常連客に愛された父親の王元培は
昭和の子供が少年少女になった頃
遠いアジアの戦争の行く末を心配しながら亡くなった
太った母親も後を追うように亡くなり

王美麗と妹二人が残された

王美麗は在日朝鮮人の黄さんと結ばれ
戦災の焼け跡に「来来軒」を再建した
妹二人は空襲で火に捲かれ　王さんが迎えに来てくれた
今は長女の孫娘三人が
夫と長女に先立たれた王美麗と暮らしていると

大きい姉ちゃんが厨房にたち
小姉ちゃんは手伝いと出前
妹が店に出て　曾祖父譲りの味を守り続けていた
「いらっしゃい」小姉ちゃんの声がして
「来来軒」の暖簾が風と小姉ちゃんの恋人をなかに入れる

厨房では　老酒を摘み飲みした美麗がうたた寝している傍らで
王さんが　大きい姉ちゃんの切り残した葱をきり
太った母ちゃんは　汚れた皿や丼を洗っている
二人は目で笑いあうと
幼児のようにうたた寝する美麗に優しく袢纏をかけた

遠い月明かりに包まれて「来来軒」の軒灯が今宵も紅く灯っている

生まれた街の一隅で

鎌倉街道に架かる大橋の手前
街道に面した古利極楽寺の四脚門の
道を隔てた向かい側には老夫婦の商う古い煎餅屋が在った
四枚程の硝子戸の店はブリキを貼った硝子ケースに
幾つかの異なった煎餅を入れ
薄暗い店の奥では一人息子の焼く煎餅の香ばしい匂いがした

煎餅屋の左隣はモーター屋で
始終小さなモーターの唸り声をたたせている
中学生の娘の若い担任の先生が
雨の日　親父さんと顔を寄せ合って話しこんでいた

煎餅屋の右隣一軒置いた隣　路地を隔てては
小さな時宗の寺があり
お燈明をあげた本堂では御詠歌をあげる声明が
鐘の音に乗って聞こえていた
浮世のおカミさん達が
現世の御利益を願って熱心に唱えていたのだろう

煎餅屋の隣りのしもた屋と時宗の寺の間の
路地を入った奥には一軒の旧い機屋があり

鋸屋根の工場の織機の音が終日辺りに響いていたが
昔日の勢いもいつしか衰えたのか
棕櫚の植木鉢を置いた人気（ひとけ）の無い玄関にいつも
三代目がつくねんと正面を向いて坐っているという

時宗の寺の塀の角には大きな銀杏の樹があり
お寺の屋根瓦が木枯らしに吹かれる頃
壮麗に散る銀杏の黄葉した葉が街道を黄金色（こがねいろ）に赫かせた

小学校六年の友達の彦次郎の家は
自転車屋で兄さんは最初の競輪の選手だったが
彼は今この時宗の寺に眠っている

予科練帰りの落語好きな辰三のお父さんは恰幅のよい巡査で、

剣道の道場もあったが　今年の二月黙って旅立ってしまった

学校の帰りよくみんなで立ち寄った踏切番の小父さんの
息子だった照男は　母ちゃんが三崎町の髪結いさんで
ブゥーちゃんと呼ばれ
剽軽で元気な子だったがもう亡くなってから随分になる

想えば自転車屋は少なくなってもまだあるが
踏切番や髪結いさんは無くなってしまった

今日は何処へ行こうか　いつものように
河原の土手で陽の沈む山嶺（やまなみ）でも眺めながら
光る川面のその上流の彼方に私の心を遊ばせようか

どうしてみんな知らぬ間に逝ってしまったのか
問うても答える者はいなくて
眺める橋の往来も人の通りは何故か少ない

交遊は旧態を空しうし　衰老　尚余生あり
雲雨　手を翻すが如きも　世情の情に関わる非し*
浅川の流れだけは変わらず潺湲と流れているに

*新井白石「卯中秋有感」

室戸岬

海は記憶をもたず
記憶は死者だけのものなのか
それとも死者は記憶をもたず
記憶は海だけのものなのか

群青の海はたえまなくゆらぎ
黙す死者に問いかけているようだが
あるいは死者が問いかけているのか

悠久とは曳いては寄せ　寄せては曳く
波の明晰な一瞬のうちにあるのかと

沖合漁船が一艘　ゆれながら
海のそとへ
なつかしい時を曳航していくのが見える

呪（しゅ）からときはなたれた岩礁の群れが
瞶めながら私にいう
わたくしを無にして海のこころを聞けと

おまえが海を抱けば
海はおまえに語ってくれるだろうに

過ぎるだけの風を追い
理を求めるパリサイ人では
水平線は果てなく遐（とお）いだろうと

II

車窓

黒いマントを纏った十七歳の高等学校の学生は
読み疲れた文庫本を膝の上に置くと
ようやく馴染んできた仕種で
偶然駅の売店で求めることが出来た「朝日」を吸っていた

飴色のニスの斑に剝げた背もたれと
固い木の壁との隅に頭をあずけたまま眺める
木枠の車窓の外は

晩秋の陽に映える寡黙な白壁が点在し
森から生まれ森に隠れる農家が見え
遠くの畦には無心に手を振る子供達の姿があった

停車した小さな駅から
軍靴の鋲の音を立て
任官したての見習士官の汗臭い一群が乗車し
列車が重く動き出すと席に集って日焼けした顔を寄せ
原隊で虐められた
下士官や古兵への報復を相談しだした

「やっつけてやろうぜ」
「そうだ甲のやつだ」
「乙もだぞ」

彼等の木綿の軍服は質素だったが
肩章と金色に光る軍刀は輝いて見えた

見習士官達は一時の興奮から醒めると無口になり
思い思いの姿勢で
窓外の流れる風景に見入っていた

車内には黄ばんだ晩秋の陽が射し込み
小さな埃を舞わせていた

見習士官達の時折の盗み見を知ってか知らずか
高等学校の学生は
岩波文庫を読みながら考えていた

一尺の通路を隔て
赤い襟章に縁取られた神様に憑かれた
死だけが讃えられる場所
明日の自分が其処に居ると

汽車はひたすら
善光寺平を北に向かって走っていた
遠く郷愁を誘う
汽笛の尾をながくひきながら

星一つでモッコを担いだ学生は
戦争が負けて終わると
襟章の星が一つ増えて二つの星を付け
無事に家へ痩軀で帰って来たが

原隊に戻っていった見習士官達はどうしたか尋ねるすべはない

古希を迎えた学生は
茜色に染まるビルディングの一室で机に向かいながら
今も時折
あの列車の尾をひく汽笛の響きを聞くことがあるという
又　写真の乾板のように見ることがあるという

窓外に見入っている見習士官達の思い思いの姿勢を
秋の陽が一杯に差し込んでいる客車を
汽笛の尾をながくひきながら
いまだ解く方途もない　濃密な闇に向って
停まる駅も無く走り続けているであろう蒸気機関車を

ふるさとにしずかになりし御霊らを
今宵偲べばはるかなるかな　宮　柊二

その時富士山は何を考えていたのだろう

「広漠とした空間があり、そこに誰かがいたような氣がしたけれども
本当をいうと、誰もいなかったのだ」　　マルグリット・デュラス

その日の払暁
私の街はアメリカ軍の空を覆った金属の雲に焼かれた
紅蓮の炎は家も工場も土蔵も電柱も
大人も子供も幼子も馬も犬も鼠も区別なく焼いた
火災が始まった時の炎の明るさのなか
街は屠殺場のように静まっていたが

白い夜　轟音とともに落ちてくる空
大地から湧き騰がる恐怖のなかを
踏切を　陸橋を　道路を
人々は家畜の如く群れ奔った

灰燼となった街の　硝煙の燻る街路にも
暦通りの暑い夏の朝が訪れた
四つ辻の真ん中　マンホールに水道水が流れていた
人々は安堵のバケツに縄を付け抛っては綺麗な水を汲んだ

満天の星のほかなにもないその晩
近くに住む紺のもんぺをはいた女学校の生徒と初めて言葉を交わした
お互い家族の水を汲みながら

私達に明日はわからず　現だけがあった

ソ聯の参戦を告げるタブロイド版の新聞を
自宅の瓦礫の上に佇み読んだ昼
絶望感のほかなにも無い焼け跡の遠く青空だけの彼方
富士が美しい姿を見せていた

今にして想う
そのとき富士山はなにを考えていたのだろう
そして　私も

漁火

箱根の山をうち出でて見れば浪のよる小島あり、
供の者に　此のうらの名は知るやと尋ねしかば、
伊豆のうみとなむ申と答侍しをききて

箱根路をわが越えくれば伊豆の海や沖の小島に
波の寄るみゆ　『金塊和歌集』

沖の小島の杜より木霊が生まれる深夜
伊豆の海の弧を描く水平線上
果てなく広がる漆黒の天空（おおぞら）に
南溟の冥い千尋の黄泉平坂より
無言の戦士達が　望郷の想い深く
煌めく星の巨大な轍となり
キラキラと燦き昇っていく

その壮麗な星座のもと
風に問われても
波に問われても
応える言葉をもたない　啞の
暗緑色の大海原に
ご覧
星座より落下したかずおおくの星達が
千人の釣する漁父となり
千の暮らしの漁火を焚いている

八甲田山

八つの岳の連峰を称して八甲田山と呼ぶという

田茂范岳の頂に登る一筋の
ロープウェイより俯瞰すれば
いきを呑む壮麗さ

錦繍と呼ぶ紅葉(もみじ)に染まる広大な樹海が
果てもなく広がり

首を回らせば連峰を越え蒼く日本海が
霞のなか片鱗を見せている

百九十九名の無辜の兵士達を雪像にしたという
神憑った軍人精神の蒙昧さが生んだ
八甲田山遭難の悲劇に
爾来反省も無く亡国に迄至った
赤く縁取られた神の系譜を見る

人は「己が死すべき時に死す」と言い
軍人としての死に価したのだと語る人も今はいないだろうが
雪像の兵士達に
愚直なまでの一筋の精神の強靱(つよさ)を覚えるのを妨げる理由もない

遠く雪の遭難の語り草は
今もなだらかな山嶺にひそみ
麓には殉難の兵士の立像が
山毛欅林のなか
禍々しき山の物語を背負い立っている

彼は今もなにを訴えているのか双眸は
遠く彼方をみつめているが
兵士達の魂の眠りには安かれと
祈るよりほか私はすべを知らない

連峰の秋はとめどなく流れ去る
雲の下
大岳　前岳　田茂范岳　赤倉岳

井戸岳　硫黄岳　石倉岳　高田大岳と
八つの岳嶺はなだらかに波うち
烈風の吹き荒ぶなか
今は静かに鎮まってみえた

那智の瀧考

ナイヤガラの大瀑布を眺め
シモーヌ・ド・ボーヴォワールが呟いたという
「水がある
　他に一体見るべきものは何があるのだろう」と

熊野那智山の幽邃を穿ち
湧出し
注連縄をくぐり

なめらかに苔ふす岩壁を背に垂直に瀑布する千丈の滝を眺め
解っただろうか

東洋の弧島　japon の国の
深淵を湛えた
滝の壮麗さが
瀑する水のなかにこそ見事に現れた
停止する水の生命の美しさが

「何ニマレ、尋常（ヨノツネ）ナラズスグレタル徳（コト）ノアリテ可畏（カシコ）キ物ヲ迦微（カミ）トハ
云ナリ」*
との
古人の言葉が
anitanism animism としての理解でなく解っただろうか

シモーヌ・ド・ボーヴォワールに

＊本居宣長

小淵沢

一夜を夜明かしした蕎麦屋の二階から坂を登って
機関車の慌ただしい動きが漲る小淵沢駅に着くと始発の汽車に乗った
鋭い警笛の音を木霊させると
重く車輪が動き噴煙はもくもくと朝焼けの空を覆った
寒冷の空気の細かい振動がガラス窓を揺らせていた
木枠の窓の外を田舎の景色は流れ

暫しの安堵感を私はニスの禿げた実直な背もたれに感じながら
朝の客車に馴染んでいった

相席の少女も小淵沢から乗っていた
語るともなく朝鮮から戦後引き揚げて来たという
東京の恵比寿という街に住む叔母を尋ねて行くのだと
「父は巡査でした、私のような者にも働く処があるのでしょうか」
髪は束髪にまとめ素朴さを地味な服装にも語らせながら
俯きがちな姿勢で両の手は揃えた膝の上に置いていた
「恵比寿は知らないが東京の街は戦災で焼けているからね
だけど叔母さんがいるなら心配ないでしょう」
恵比寿はたしか新宿か渋谷の傍にあった筈だと想った

歓楽街の様な思い込みもあり行った事はなかった
伯母さんがどんな商売をしているのか気がかりだったが黙っていた
少女にどんな運命が待っているのだろうかと思った

体力の無い術後の痩軀での貧しい旅で若さだけが頼りの私には
与える知恵も物もなく口おしくともどうする事もできなかった
そんな私を頼りにした心細そうな少女を想い出すのだ
家族を胸に抱きじっと己の運命に立ち向かおうとする独りの少女だった

Ⅲ

新生

四月　陽燦き　ゆるやかに巡り
光る風に揺れる鋭い麦の穂
波となって奔り
病室の白いペンキ斑に剝げた窓越しに
私の瞳を刺す

瑪瑙の筋肉断ち　五本の肋斬る
血潮を太陽に晒して七日目

ベッドに躰を起こす
鉛直に地面に落ちようとする砂嚢の重量
残る肋で支え
肌に浮く　若草の静脈の血管を
新鮮な血潮　音無き騒音で駆ける

私を裂いた傷の痛みは
七日七夜
数刻の眠りを麻薬に託し
後頭部より奈落の闇に堕ちる

断末魔の腸の捻れるように昼と夜が来て
月は朱く爛れ
いつ果てるともない夜鳥の叫びは続き

呻吟する声が海鳴りのように聴こえていた

岩礁より滴る一滴の水求める乾き爛れた喉
脳髄の神経を刺す針はぎりぎりと刻を巻き
父母未生の暗闇の千の石に彫みつけた

今青い蒼穹の下　私の生は
揺れ騒ぐ鋭い麦の穂を灼く
目眩めく太陽の光を捉えた

四月　陽は耀き　ゆるやかに巡り
光る風に揺れる鋭い麦の穂
病室の白いペンキ斑に剝げた窓越しに
優しく私の瞳を刺す

星座

真砂なす数なき星の其中に吾に向ひて光る星あり　子規

私は元陸軍病院の長い病棟の影が黝く蹲る庭で
秋の夜長　療友の先輩に教わっていた

あれがペガサス
あれに見えるのがアンドロメダ
オリオンはあれだと
ひときわ厳しく輝く星が北極星だと

相模っ原の宇宙(そら)は広く星屑は際限もなく
絢爛と見えない光を降らせていた

私の星はどこに在るのか
学殖豊かなその元教師も
自分の星を指さすことは無かった

多分私達の星は
輝く星と星とのあいだの闇に
光る事のない星があるのだと云い
先輩は私を見て寂しく嗤った

いみじくもヴァルター・ベンヤミンは云っている

「――その間の見えないところにあるもの
星と星との間の暗闇のところにあるもの
そこに埋もれている人間に意味がある」と

今宵　家の狭庭から数少なくなった星を眺め
私は亡き先輩に語りかける
あの時私たちの星もあったのですね
今も私にはまだ見つかりませんが

先輩の星は今でも暗闇のなかなのですか
それでも私にわからせようと
懸命に輝いているのですか
煌めく星と星との見えない暗闇からでも

昔日　元陸軍病院の裏手には

（老いたるわがサンチョパンサの嘆きより）

相模原（さがみっぱら）の広がる原野には一基の風車もなかったが
かわりに巨大な
負の遺産を背負った木造の元陸軍病院があった

小高い丘の枝振りの良い松の樹を背景に
神を演じた白馬に乗った人や
その人の周りの栗毛の馬に跨った人達は
多くの白衣の元兵士の人達を残して行ってしまったのだが

歩く度に軀の一部となった金属の音を響かせながら
忘られて行く戦争の語り部となって
白衣の姿で田舎をまわり
生計をたてる多くの元兵士の人達は残っていた

私は 元兵士ではなかったが 結核を病んで
兵士が居なくなったその巨大な元陸軍病院へ入院させられたのだ

病院に巣くうながい戦争で飽食したにも関わらず
痩せて貪欲な死神は
いつまでも痩軀のままの私達の躰をいたぶって
咳や血の混じった痰や微熱で苛んだ

その死神に立ち向かうために
主(あるじ)のドン・キホーテに倣って
肋骨五本取って楯と剱とし
徒歩で戦いを挑んだが
あれからもう何年経っただろう

当時　元陸軍病院の裏手には
原野が何処までも広がっていて
逞しい松林の松籟は大空に鳴っていた

夕べには一面乱れるように咲いていた月見草
憧れからあの永遠なるものとして
私もマルガレーテを追ったものだったが

今は原野も失われ
松林も姿を消し
松籟を聞くことも出来ないという

夕暮れ夜露に濡れながら私を魅惑した
あの花々はいったい何処にいってしまったのだろう

そうなんの不思議もなく

冬には雪嶺を頂く山塊の中腹　森を切り開いて建つサナトリウムの
北の外れ広い遊歩路を廊下の窓から眺められた十舎の七号室
六人のベッドが互いに向き合って並ぶ病室の
私の枕頭台には誰のでもない桜の花が小さな花瓶に咲いていていた
それでも多くのクランケの病の重くなる四月は
残酷な月なのだと思われた

暖かな陽射しが

病者の痩せこけた頬を桃色に美しく染める
死が気管に這入り込んでいるので
生は鮮血をシャーレに紅く綺麗に滲ませた

誰かの咳が咳を呼んでいる
やせ細った腕がのびて一日を終え
微熱の絡んだ朱い痰を白い壺の中にしまう

肋骨切除の術後の痩軀で散策に出る
遊歩路の先の看護婦寄宿舎を抜けると　分け隔て無くそれぞれが
季節に応えて自分の生命(いのち)を色鮮やかに芽吹かせている雑木林になる
老いた農夫が一人鍬をふるっている畑の脇を通り過ぎると
道に軒の低い村の雑貨屋があり　前で数人の子供等が唄っていた
「五ついつもの看護婦」

さんをつけないと付添いの看護婦が笑って云う
季節（とき）は寒（つめ）たさを秘めた長閑さで
看護婦寄宿舎のグランドの脇にはポプラ並木の若葉がそよぎ
若い声の群れに追われたボールは青空（そら）にあった

夕暮れになると
森の奥から古寺の梵鐘の音（ね）がきこえてきて
誰でもが真実（ほんと）に独りなのだとおしえてくれた

そうなんの不思議もなく

丹沢山（たんざわやま）

まともなる息はかよわぬ明け暮れを　命は悲し　死にたくもなし
明石海人歌集『白描』

白ペイントの木造病舎の長い廊下に沿って並ぶ病室には
一つの電灯（あかり）の下に六つのベッドが並び
健康な自然の大気の中で病む人が一人独り自分と向き合って暮らす
死を潜ませた日常があった

遊歩路から眺める丹沢山は四季を問わず逞しく見え
颪はいつも吹きどよみながらな
生きよとクランケ達に告げ

山嶺に流れる雲は
果てなく高い碧空（そら）を心に届くところまで近づけてくれた

健康な軀を一途に求める外気小屋に療養するその若い男は
山から捉えてきた山棟蛇を口から二つにピッと裂き生のままの肝を
呑むと
笑いながらだらりとした蛇を片手に提げて
斑に影の差す自分の日常の小径を小屋の方へ戻って行った

クランケが逝くと遠くに見える森の火葬場で荼毘に付された
細長い煙突に薄青い煙が宙（そら）に登り
　（天使に抱きかかえられながら昇って行ったのだという人もいた
が）
その度何故か風に鳴る白い旗が上がるのが遊歩路から眺められた

夜になれば全病舎のクランケ達の
不安を抱いた明日への眠りの迷路を辿る深い闇の淵に
巡回する夜勤看護婦の懐中電灯の灯りが
夜光虫の燐光のように明滅して見えた

その頃
麓の町の瞬く灯りはサナトリウムの眼下に遠くまで広がり
晴れた星空に
燦めきながら山嶺まで下りてきた天の川が音高く流れていた

鴉影

もう誰が憶えていてくれるのだろうか
四季を問わず開け放たれていた病舎の窓を
霊安室の死の傍らで　日毎
帰る日付のないカレンダーを捲っていた人々を

帰れなかった戦友（とも）達を想い
戦いで奪われた体軀（からだ）を補う軋む金属の音を立て
仲間以外振り向く人もいなくなった

元陸軍病院で療養していた白衣を着た傷病兵たちを

かつて彼等が暮らしたみはるかすさがみ野の原野は跡形もなく
すっかり都市に変貌し　出現したビルの群落になっている

長生きできない奴と囃される身になってしまった今
せめてその長生きを役立てたいと想えば
何があったのかを知りたがり
はてもない空に舞う海鳥に憧れた彼等に
何があったかを教えてやろう
誰のでもない恵まれなかった自分の生を
黙って生ききった彼等の人生も語り継いでやろう

社会に耐え　血を流した人々を置き

それでもそれが宿命でもあるかのように
ペーソスを影のように連れながら
時代が後を振り向きもせずに変わっていく

たしかに　誰の所為でもなく
そう　なんの不思議もないのだけれど

でもご覧
夕映えのさがみ野の空を残照をあび朱く縁取られた一羽の鴉が
逝った人達への挽歌か
雲の狭間を鳴きながら飛んでいくのがみえるではないか

あとがき

　この詩集の作品は、同人詩誌「AVRIL」、その後の同人詩誌「VOID」から採った。「AVRIL」が六年、「VOID」が今は四二号を算えるので十余年の歳月が流れており、選ぶのに苦労した。

　私の半生を考えるに、戦争（いくさ）と戦後の結核（ルンゲ）を離すことは出来ない。故に、私の詩への想いを一に、戦争を二に、宿痾の病を三と別けて作品を選んだ。新しいのから古いのまでの選別は、時間が限られて来た今、凡てを同一に考えて載せた。「人生は前に進むものだが、振り返ることによって理解される」とはキルケゴールの言葉だそうだが、その言葉に沿えば、古い作品も今上梓する理由もあると云うことになるだろうか。

　人は、なにものかになろうとして生きているという。故か、私が、私以外のものになれなかったことを、この詩集は私に証してくれる。

「鴉影」は津村信夫の作品で識った。

「落葉樹に私は鴉影を認めた。（私は語彙を持たない）」とある。

（詩集『さらば夏の光よ』兄津村秀夫編輯　昭和二十三年一月二十日発行　八代書店）

昭和二十九年十一月の晩秋、池袋の古書店で、故人となった「碧光」の詩友Kが捜してくれた懐かしい本である。私は裡に、私の「鴉影」を認めた。それは今も続いている。

松方俊

二千十四年　朔旦冬至

松方　俊（まつかた　しゅん）
（本名　松本篤郎）
一九二七年　八王子市に生まれる
詩誌「AVRIL」・「VOID」同人
現住所　東京都八王子市暁町一―二九―二六
（〒一九二―〇〇四三）

詩集　鴉影

二〇一五年三月一日初版発行

著　者　松方　俊

発行者　田村雅之

発行所　砂子屋書房
東京都千代田区内神田三―四―七（〒一〇一―〇〇四七）
電話〇三―三二五六―四七〇八　振替〇〇一三〇―二―九七六三一
URL　http://www.sunagoya.com

組　版　はあどわあく

印　刷　長野印刷商工株式会社

製　本　渋谷文泉閣